그대 사랑 다시 오라

金英浩 詩集

시를 쓰면서

'시를 쓰려면 감성이 풍부하고 구성력이 뛰어나야 한다. 응축미에 역점을 두고 시어에 대한 투명한 인식이 있어야 한다. 그리고 시적 긴장미를 갖추어 시의 진솔성과 진정성을 살려야 한다.' 이는 30년 전에 어느 책에서 읽고 공책에 기록한 부분이다.

 수년 전부터 시를 쓰며 잊지는 않았지만 어느 것 하나 상기 요점을 철저하게 적용한 글이 없다는 것은 시를 너무 쉽게 바라보고 있지 않았나 생각한다. 마음에서 우러나 글로 옮겨보면 의욕이 넘친 거 같아 실망하고, 혹시 마음에 맞는 글이라고 생각했지만 며칠 후에 다시 보면 낙서 같다는 느낌을 지울 수가 없었다.

1,000 수의 시를 쓰겠다는 욕심을 버리지 못하고, 작년 7월부터 다시 100수의 시를 쓰면서 실망도 하고 낙담도 했지만 미숙한 시라도 세상에 보내는 기쁨이 없지는 않다. 글을 쓰는 사람만의 특권이랄까, 아니면 시에서 대리만족을 느끼고 있지 않나 생각한다. 그리고 언젠가 시다운 시를 한 수라도 건질 수 있으리라 믿어 본다.

2024년　8월 20일

金 英 浩

차   례

Ⅰ. 별을 노래하리라

Ⅲ. 바람이 불어오다

Ⅳ. 아리랑 노래를 부른다

V. 누가 돌을 던지랴

I. 별을 노래하리라

1. 비가 내리면

비가 내리면
사랑은 그리움에 젖다

골짜기마다
그리움이 사무쳐
안개가 피어오르고

사랑은 애달파
아픔보다 깊은
슬픔이 차오르다

숲을 흔들며
바다로 떠나는
푸른 강물도 젖어

해후를 꿈꾸는
사랑은 깊어 가다

(2024. 5. 10)

2. 고향을 그리며

어릴 적 어여쁜 소녀가
냇가에 흐르는 꽃잎을 보았지요

세월 흘러 들려온 소식은
다뉴브 강에 잠겼다고 하지요

꽃잎 같은 소녀는 오십 년이 흘러
하늘에 살고 있는지 모르지요
*
고향이 물속에 잠기며
삶을 찾아서 대처로 떠나갔지요

세월 흘러 정든 사람들
소식마저 끊겨 아득하였지요

꽃잎 같은 여인은 고향을 그리며
하늘에 살고 있는지 모르지요

(2024. 2. 17)

3. 미소 지을 때

갈래머리에 눈동자가 빛나
첫사랑을 꿈꾸는 소녀

살며시 미소 지을 때
초원의 꽃처럼 피어났지요

갈래머리에 보조개가 고와
풋사랑에 젖어 있는 소녀

또다시 미소 지을 때
수줍게 꽃처럼 피어났지요

갈래머리에 푸른 옷을 입어
무지개처럼 떠오른 소녀

다시금 미소 지을 때
해맑게 꽃처럼 피어났지요

(2024. 2. 18)

4. 꿈속처럼

대나무 숲길에서 이슬에 젖는 여인
짙은 안개 헤치며 입가에 기쁨 가득

아침 햇살 빛나서 꿈속처럼 만나나
해 뜨는 강변에서 사랑은 다가오다
*
그늘진 언덕에서 눈길을 걷는 여인
옅은 안개 따라서 눈가에 슬픔 어려

저녁노을 번지며 꿈속처럼 떠나나
해 지는 강변에서 사랑은 떠나가다

(2024. 2. 18)

5. 눈처럼 흐느꼈지

한겨울 눈이 내려
첫사랑에 눈을 뜨며
화려한 거리를 둘이 걸었지

밤하늘에서
사랑의 서곡인 양
함박눈은 쏟아졌지

꿈을 꾸는 듯
심야 영화관에서
'테스'를 보며 슬퍼했지

산란한 봄이 오며
철없는 사랑은 끝나
쏟아지는 눈처럼 흐느꼈지

(2024. 2. 18)

6. 꿈을 꾸지요

정원에 피어난
목련꽃처럼 화사했지요

공주처럼 우아해서
우두커니 바라보았지요

그대 얼굴 떠올리면
가슴 부풀어 꿈을 꾸지요
*
솔밭에 떠오른
달덩이처럼 눈부셨지요

공주처럼 아름다워
넋을 잃고 쳐다보았지요

그대 미소 떠올리면
마음 설레어 꿈을 꾸지요

(2024. 2. 18)

7. 사랑을 잊지 못해

봄비가 내리는 날 그대가 보고 싶어

둘이 걷던 오솔길 외롭게 걸어가며

사랑을 잊지 못해 봄비에 젖고 있네
*
봄비가 내리는 날 그대가 그리워서

둘이 거닐던 들녘 쓸쓸히 거닐면서

사랑을 잊지 못해 봄비에 젖어 있네

(2024. 2. 15)

8. 아이들이 놀던 달

초가집
개울 건너
마을 앞산으로
보름달이 떠오르면
아이들이 놀이터로 나오다

세상에
근심 걱정
없는 달님처럼
그늘 하나 없는 얼굴
달빛 아래서 노래를 부르다

어여쁜
토끼 살다
사라져 버려서
아이들이 놀던 달도
어른이 되어 사라져 버리다

(2024. 2. 26)

9. 한 판 승부다

말이 죽었다 도로 살아나고
말을 잡았다 놓치는 한 판 승부다

한 수 잘못 두면 놓치거나 잡히어
승패가 바뀌니 살얼음판 걷는 승부다

신의 한 수라는 묘수가 있어
생각을 거듭하며 지혜를 짜내는 승부다

신동도 울고 고수도 우는
비김이 거의 없는 비정한 한 판 승부다

(2024. 2. 26)

10. 세비만 축내며

젊은 초선 의원
국익보다는 당론을 따르며
거수기 노릇도 했다

거친 막말은 삼가며
꿈같은 사 년이
바람 같이 지나갔다

하위 10%에 걸려
단골 술집에서
막걸리 한 잔을 마셨다

세비만 축내며
해외여행 갔더냐
굵직한 화살이 날아왔다

(2014. 2. 28)

11. 봄은 오는지

한겨울
임을 잃은
슬픈 가슴에도
꽃이 피는 봄은 오는지

고향길
임 보고파
찾아가는 길에
개나리 꽃 피고 있겠지
*
겨우내
임을 보낸
아픈 가슴에도
꽃이 지는 봄은 오는지

고향길
임 그리며
돌아오는 길에
진달래 꽃 지고 있겠지

(2024. 2. 29)

12. 별을 노래하리라

부귀와 영화를 바라지 아니해서

권력과 명예도 꿈꾸지 않으리라

오두막 텃밭에 푸성귀 자라나니

빗소리 들으며 릴케를 읽으리라

창가에 앉아서 하루를 돌아보며

밤하늘 빛나는 별을 노래하리라

(2024. 3. 1)

13. 가난은 끝이 없어

어린 날은 가난을 끌어안고
갈대마저 쓰러지는 어느 강에서 자랐소

젊은 날은 가난을 짊어지고
억새조차 말라가는 어느 산에서 일했소

늙어서도 가난이 발목 잡아
허리 휘며 농사짓는 어느 들에 살았소

죽어서도 가난이 달라붙어
구름 오가지 않는 어느 산골에 누웠소

(2024. 3. 4)

14. 황천길

노년까지 명대로 살다
황천길에 오르면
행복한 인생 아니오

나이 들어 저승 가는 길
죽어서 가지 않고
살아서 가면 안 되오

저승에는 천국도 있고
지옥도 있다는데
잘못을 뉘우치려오

꿈속처럼 황천길 가다
뒤돌아서 온다면
염라도 웃을 거라오

(2024. 3. 4)

15. 고향이 사라져

어머니, 아시나요
고향이 있다면
어린 시절로 돌아가서
개울가에 앉아
물장구를 치겠어요

어머니, 아시나요
물속에 묻혀서
초가집은 보이지 않고
금강은 깊어서
새들만 날고 있어요

어머니, 아시나요
살다가 돌아갈
아늑한 고향이 사라져
어릴 적 친구들
한잔 술을 기울여요

(2024. 3. 8)

16. 할미꽃

할머니 무덤가에
봄마다 피어난 할미꽃

날마다 보고 싶은
자주색 가녀린 할미꽃

찬바람 불어와도
예쁘게 피어난 할미꽃

해마다 생각나는
허리가 굽어진 할미꽃

손자가 보고파서
무덤가 피어난 할미꽃

할머니 그리워서
손자가 부르는 할미꽃

(2024. 3. 8)

17. 거짓과 진실

거리에서
거짓을 감추면
눈빛은 빨개지며
진실을 지우는
독버섯이 피어나다

광장에서
거짓을 말하면
입술은 파래지며
진실을 뭉개는
독버섯이 자라나다

법정에서
거짓을 버티면
얼굴은 노래지며
진실을 헐뜯는
독버섯이 무성하다

(2024. 3. 10)

18. 사랑하면

사랑하면
푸른 초원에서
정열은 넘치며
눈동자는 반짝이니
연인이여, 축복하소서!

사랑하면
푸른 바다에서
낭만이 넘치며
가슴은 두근거리니
연인이여, 행복하소서!

사랑하면
푸른 하늘에서
활기가 넘치며
마음은 새처럼 나니
연인이여, 영원하소서!

(2024. 3. 10)

19. 봄이 오는 길목에

창을 열어
홍매화가 피면
벌들은 기지개 켜고
봄이 오는 길목에
아지랑이 피어오르고 있다

문을 열어
산수유가 피면
물고기 강을 오르고
봄이 오는 길목에
아기가 아장아장 걷고 있다

길을 열어
진달래가 피면
바람은 산을 오르고
봄이 오는 길목에
소녀가 꽃을 입에 물고 있다

(2024. 3. 11)

20. 세상을 떠난다면

내일이라도
세상을 떠난다면
병실 찾은 친구에게
훗날 다시 만나자고
말할 수 있겠는가

오늘이라도
세상을 떠난다면
사랑하는 자녀에게
눈물을 흘리지 마라
말할 수 있겠는가

지금이라도
세상을 떠난다면
꿈만 꾸는 자신에게
후회는 없을 거라고
말할 수 있겠는가

(2024. 3. 12)

Ⅱ. 꽃을 꺾지 마오

1. 목련화

모진 바람
시새움 떨치고

동장군을
물리친 목련화

꽃을 보면
임처럼 반갑다

그대 피니
사랑도 피어나

천지간에
슬픔은 사라져

하루 산들
미련도 없어라

(2024. 3. 17)

2. 봄이여 오라

봄이여
강 건너 오라
나무는 어깨춤 추며
생명의 노래를 부르리라

봄이여
산 넘어 오라
꽃들은 가슴을 열어
열락의 노래를 부르리라

봄이여
하늘에 오라
바람은 막춤을 추며
질주의 노래를 부르리라

봄이여
들녘에 오라
아이는 대문을 열어
환희의 노래를 부르리라

(2024. 3. 18)

3. 사랑아 오라

풋풋한 청춘처럼
설익은 사랑

정열을 불태우면
익어갈 사랑

무엇이 두려우랴
사랑아 오라
*
풋풋한 과일처럼
설익은 사랑

진심을 기울이면
다가올 사랑

무엇을 망설이랴
사랑아 오라

(2024. 3. 20)

4. 민초를 위하여

대륙과 바다에서
피바람이 불어올 때마다
푸른 소나무는 쓰러지고
붉은 진달래는 짓밟혔다
야수 같은 외적에게
꿈 많은 아이들 끌려가
통곡 소리는 천지를 흔들고
꽃이 지는 삼천 리 강산에
눈물의 강은 얼마나 흘렀던가
나라가 나라답지 못해서
피눈물을 흘려야 했던 민초
영웅이 나타났다고
위안을 받을 수 있으리오
민초가 눈물을 흘린다면
나라라고 부를 수 있겠는가
소나무와 진달래가 춤추며
꽃이 피는 삼천 리 강산에서
나라는 나라다워야 한다
민초를 위하여

(2024. 3. 21)

5. 눈물을 흘리지 마오

서럽더라도
눈물을 흘리지 마오

서러움 참으려 해도
눈물 흘릴 날 오리다

슬프더라도
눈물을 흘리지 마오

슬픔을 삼키려 해도
눈물 흘릴 날 오리다

그립더라도
눈물을 흘리지 마오

그리움 견디려 해도
눈물 흘릴 날 오리다

(2024. 3. 22)

6. 날마다 그리워

그대 얼굴
잊지 못하고
날마다 그리워
바람 따라 찾아 가리다

소리 내어
울진 못해도
꿈마다 울어서
눈두덩은 부어오르다

하늘 아래
찬바람 부는
어느 마을에서
홀로 헤매고 있으리다

길을 가면
하늘에 닿아
꿈처럼 만나서
미소 지을 날 있으리다

(2024. 3. 23)

7. 연어가 되어

고향 잃고
타향살이가
오십여 년 넘었소

꿈에서도
물속에 잠긴
고향을 찾아 가오

시름없이
구름 오가는
금강은 말이 없소

고향 산천
다시 보고파
연어처럼 떠나오

눈물 가득
연어가 되어
고향을 찾아 가오

(2024. 3. 23)

8. 도원결의

어지러운 세상
전쟁은 그치지 않아
태어난 날은 달라도
한날한시에
같이 죽자던 맹세
초야에 묻혀 불우했어도
도탄에 빠진 백성을 구하려
3인의 의형제가 외친
도원결의는 언제나 빛나지요

겨우내 굶주린
벌들이 날아들며
복사꽃은 그날처럼 피건만
야욕은 끝이 없어
붉은 피를 부르는데
전쟁에 지친
만민을 구하려
사랑과 평화를 외치는
도원결의는 어디서 찾는지요

(2024. 3. 24)

9. 인생은 흘러가서

찬란하였던
정열은 시들하며
달빛처럼 꿈꾸는
사랑은 떠나가서
그대를 부를 수 없다

꽃잎 떨어져
강물에 흘러가며
구름처럼 떠도는
인생은 흘러가서
그대를 만날 수 없다

아득하였던
황혼이 다가오며
죽음처럼 어두운
서산을 바라보며
그대를 그릴 수 없다

(2024. 3. 26)

10. 꽃을 꺾지 마오

가을 가고
겨울 지나서
그리운 임처럼
새 봄이 찾아오면
꽃은 신의 축복이오
추위를 견딘 생명에게

눈을 뜨며
잎도 나기 전
마른 가지마다
꽃이 핀 뜻을 알면
어린 꽃을 꺾지 마오
굶주린 벌이 날아오니

눈을 감고
귀를 기울여
생명이 움트는
우주를 엿들으면
기적처럼 들려오오
꽃과 벌의 사랑 노래가

(2024. 3. 29)

11. 봄이 오도다

들녘
흔들듯
춤을 추며
봄이 오도다

냇물
흐르듯
노래하며
봄이 오도다

꽃잎
뽐내듯
가슴 열며
봄이 오도다

마음
벅차듯
고동치며
봄이 오도다

(2024. 3. 31)

12. 누가 마다하리오

얼음장을 깨고
청춘 같은 봄이
너른 들판을 달려와
푸른 물결 춤을 추다

문 열어 마중 나가면
귀환하는 전사처럼
돌아오는 봄을
누가 마다하리오
*
겨울옷을 벗고
소년 같은 봄이
풋풋한 미소를 지어
봄 향기가 날아오다

옷 벗고 뛰어 나가면
진격하는 병사처럼
달려오는 봄을
누가 마다하리오

(2024. 4. 2)

13. 그대가 보고 싶다

하얀 겨울이 가고 초목이 눈을 뜨는
초록빛 봄날에는 그대가 보고 싶다

새들이 소리 높여 노래 부르며 나는
들뜨는 봄날에는 그대가 보고 싶다

시냇물 흘러가고 강물도 떠나가는
고요한 봄날에는 그대가 보고 싶다

진달래 피고 지고 벌들이 꿀을 찾는
그리운 봄날에는 그대가 보고 싶다

(2024. 4. 10)

14. 가슴을 잃은 말

왼쪽에서도, 오른쪽에서도
말은 목이 쉬도록 소리쳤다

말은 세금을 훔쳐 뻔뻔했다
말은 거짓을 옮겨 도도했다

왼쪽도 아닌, 오른쪽도 아닌
말은 광장에서 입을 다물었다

발 없는 말이 천 리를 걸어도
말은 차가운 가슴을 잃었다

말의 종자는 눈까지 잃어서
가슴을 잃은 말은 번창했다

왼쪽에서도, 오른쪽에서도
말은 끊임없이 소릴 질렀다

(2024. 4. 11)

15. 양심

눈을 감고
귀를 닫아서

민심을 내세워
양심을 외면하니

다수라도
환영할 일 아니다

*

눈을 뜨고
귀를 열어서

천심을 따르며
양심은 올곧아서

소수라도
외면할 일 아니다

(2024. 4. 16)

16. 천국과 지옥

저승 너머에
천국은 있는지
알 수는 없어

천국이 어딘가
고요한 평화
바로 천국이지

*

저승 너머에
지옥은 있는지
아무도 몰라

지옥이 어딘가
참혹한 전쟁
바로 지옥이지

(2024. 4. 16)

17. 외식

설거지가 뒤따르는
집밥을 먹다가
맛집을 찾아가서
한 달에 한 번이라도
식사를 한다면
아내와 아이들이 즐겁다
아버지와 어머니는
손자를 안으며 웃는다
생업에 바쁜 형제자매는
만날 수 있어 기쁘다
자라나는 조카들은
용돈을 받고 기분이 좋다
아이들도 좋아하고
어른들도 싫지 않는
삼겹살이나 자장면을 먹는
한 끼 식사라지만
열 그릇 웃음꽃이 피어나니
왕의 밥상이 부럽지 않다

(2024. 4. 17)

18. 수몰민 떠나

강나루 지나
솔밭 길에
바람 솔솔 불어오고

산마루 아래
노래 부르며
강은 꿈꾸듯 흘렀다
*
수몰민 떠나
대청호에
구름만 홀로 오가고

댐으로 막혀
노래 사라져
강은 죽은 듯 멈췄다

(2024. 4. 20)

19. 마지막 길

빈손으로 태어나 한세상 머물다
빈손으로 가는 날
마지막 길 누가 일러 주랴

누구나 홀로 가는
외로운 길 미소 지으며
한 많은 이승을 떠나리라
                    *
맨몸으로 나와서 한세상 떠돌다
맨몸으로 가는 밤
마지막 길 누가 알려 주랴

누구나 혼자 걷는
고독한 길 눈을 감으며
머나먼 저승으로 가리라

(2024. 4. 22)

20. 멸종

하늘을 뒤덮은
나그네비둘기

떼거리로 날아
대지를 뒤덮어

하늘은 어둡고
땅은 벌거벗다

가슴살 맛있다
도륙을 일삼아

조지와 마사가
끝내 눈을 감고

나그네비둘기
영영 사라지다

(2024. 5. 11)

* 나그네비둘기는 개체 수가 50억 마리 정도였던
북미 철새다. 1914년, 신시내티 동물원에서 워싱
턴 부인의 이름을 붙여 보살피던 마사가 죽다.

Ⅲ. 바람이 불어오다

1. 기자 회견

제왕도 아닌데 역린을 건드렸다고
발끈하며 응징할 일은 아니다

권력을 휘둘러 재갈을 물린다면
목숨 걸고 사실을 말하리다
*
폭군도 아닌데 아픈 곳을 찔렀다며
은밀하게 보복할 일도 아니다

입을 틀어막아 명줄을 끊는다면
목숨 바쳐 진실을 말하리다

(2023. 7. 3)

2. 거꾸로

마술도 아니요
요술도 아니지요
마차가 말을 끈다니
세상이 거꾸로 가는지요

빚을 지며
자영업자는 무너지고
일자리를 잃어
알바는 거리를 헤매지요

주택도 뛰고요
아파트도 오르지요
집값을 잡았다 주장하니
통계도 거꾸로 내는지요

수억이나 치솟아
집 장만의 꿈은 사라지고
전셋집도 모자라
세입자는 살 집을 전전하지요

(2023. 7. 5)

3. 광풍

판도라를 보았는지
용비어천가가 들리는지
태양을 우러러보며
애먼 들과 산을 파헤치네

일거리를 없애며
사나운 바람이 불어오고
일자리를 잃어
일꾼들은 쓸쓸히 떠나네

원전은 허공으로 날아가
삶은 허물어지며
태양광은 복마전인지
광풍은 아직도 불어오네

(2023. 7. 14)

4. 꿈속처럼 끌어안다

포성이 울리며
하늘을 날던 갈매기
흑해에 떨어지고

꿈속을 헤매는지
두 눈과 두 팔을 잃은
그이가 전장에서 돌아오다

한 가닥 기쁨 따라
만 가닥 슬픔도 겹쳐
옷자락을 적시는 눈물

눈과 팔이 없어도
눈물을 흘리지 않는
그이를 꿈속처럼 끌어안다

신문기사를 읽고 (2023. 7. 22)

5. 새만금 잼버리

발걸음 옮기어
대륙과 섬에서
젊은이들이 찾아와
꽃구름처럼 부풀어 오르다

거짓이 가득한
바닥은 악취를 내뿜어
새만금 잼버리
어즈버 꿈이던가

발걸음 오갈 때
낮에는 벌레가
밤엔 모기가 달려들어
꿈에 그린 대자연이 아니다

사천 여 손님을
진흙탕에 모시어
새만금 잼버리
어즈버 꿈이던가

(2023. 8. 15)

6. 관동 대지진

화마가 춤추는 불타는 언덕에서
피바람을 몰고 오는 악귀 같은 족속들

죄 없는 조선인을 땅이 갈라졌다고
무수히 짓밟으며 무에 그리 당당하더냐

죽창을 높이 들고 칼도 휘둘러서
천방지축 날뛰며 피에 굶주린 야수들

죄를 뒤집어씌우며 학살을 자행하니
무릎을 꿇어 만행을 뉘우치겠느냐

신문기사를 읽고 (2023. 8. 24)

7. 그대 사랑 다시 오라

푸른 계절이 지나도
별빛 같은 두 눈동자
미소를 함빡 머금어
정열은 샘처럼 솟아
파랑새가 노래하듯
그대 사랑 다시 오라

보름달이 떠오를 때
짝사랑 시냇가 지나
풋사랑 강을 건너서
참사랑 바다를 향해
두 손을 마주잡고서
그대 사랑 다시 오라

사랑할 수만 있다면
목숨까지도 바치며
진심은 하늘에 닿아
초롱불을 밝히면서
황금마차 달려오듯
그대 사랑 다시 오라

(2023. 9. 3)

8. 말없이 떠나가도

빛나던 사랑 말없이 떠나가도
그대를 원망하지 않으리

낙엽이 떨어지는 쓸쓸한 가을날
끝없이 그리워하지 않으리

추억이 떠올라도 입술을 깨물며
영원히 슬퍼하지 않으리
                    *
찬란한 사랑 말없이 떠나가도
그대를 부여잡지 않으리

백설이 흩날리는 쌀쌀한 겨울날
한없이 서러워하지 않으리

가슴이 허전해도 눈물을 흘리며
영원히 아파하지 않으리

(2023. 9. 10)

9. 잊었소

시냇물처럼 흐르던 유년
세월 따라 흘러가서
꽃피는 고향을 잊었소

진달래 꽃 한창일 때
오솔길 걷던 너마저
그 시절로 돌아갈 수 없어
먼 산 바라보며 잊었소
*
강물 따라 흐르던 풋사랑
세월 지나 사라져서
그리운 사랑을 잊었소

아카시아 꽃 날릴 때
들길을 걷던 그대를
그 사랑이 돌아오지 않아
하늘 쳐다보며 잊었소

(2023. 9. 13)

10. 흔들었다

북악산에서
태화강으로 달려가
선거에 뛰어들며
민주주의를 흔들었다

푸른 집은
약속을 저버려
가장을 잃은 가족을 울리며
작은 희망마저 흔들었다

여우같은 판사
꼼수에 꼼수를 부려
재판을 기약 없이 미루며
법과 양심을 흔들었다

청년도 뛰어나와
도심에서 흉기를 휘둘러
묻지마 난동을 부리며
평온한 일상을 흔들었다

(2023. 9. 15)

11. 빛은 알고 있다

수십 억 광년을 달려오는
빛은 알고 있다

담배꽁초가
바다에 쌓이고 쌓여
지구는 몸살을 앓고 있다고

원폭 실험으로
성한 몸 없으며
지구는 중병을 앓고 있다고

포탄은 터져
시공간이 무너지며
지구는 사라질 수 있다고

수십 억 광년을 달려가는
빛은 알고 있다

(2023. 9. 16)

12. 별을 보며

밤하늘에
별이 빛나면

어린이는
꿈을 꾸었다

별 하나를
갖고 싶다고

*

반짝이며
별이 부르면

어른들도
꿈을 꾸었다

별나라에
가고 싶다고

(2023. 9. 17)

13. 빛나야 좋다

돈다발에서
헤엄치기 싫다며
무거운 돈다발에
파묻혀 살기도 싫다는
초야의 보통 사람이 좋다

수십 억 현금을 가진
수백 억 부동산을 가진
이름난 거부는
장관 자리 마다하고
자선의 길을 걸어야 좋다

부자라면
돈을 쌓지 않고
진심으로 베풀어
돈의 가치가
썩지 않고 빛나야 좋다

(2023. 9. 18)

14. 바람이 불어오다

이천 일십 사 년
사월 십육 일 오전
이름도 특이한 세월호
검푸른 바다 밑으로 가라앉기 전
여객선을 받치고 끌어당겨
침몰을 조금이라도
늦출 수 있었더라면……
눈물이 마르지 않는 팽목항에
슬픈 바람이 불어오다

이천 이십 이 년
시월 이십구 일 한밤
헬러윈을 이틀 앞둔 이태원
죽음의 길목으로 떠밀릴 때
군중의 어깨를 밟고 뒤쪽으로 걸어가
압사 상황을 소리쳐 알려주며
후진을 유도하였더라면……
눈물이 끊이지 않는 이태원에
아픈 바람이 불어오다

(2023. 9. 19)

15. 가을비

푹푹 찌던 기나긴 여름날
참기 힘들었던 폭염이 끝나며
한 열흘 동안 내리는
가을을 재촉하는 굵은 빗줄기
서늘해서 좋긴 해도
벼이삭이 익어가는 시기
과일도 햇볕을 끌어안아야 할 시간
이른 봄부터 얼굴이 까맣게 그을린
농부의 긴 탄식 소리 들려오고
비는 하루 종일 대지를 두드려
멀리서 전주곡처럼 들려오며
가을이 다가오는 발자국 소리
차가운 바람도 불어와
늙은 느티나무 가지에서
노란 이파리가 하나씩 떨어지며
가을비는 추적추적 내리다

(2023. 9. 20)

16. 글이 없어

동물에겐 애석하게도
글이 없고 학문이 없기에
인간에게 지배당하지 않는가 싶다
소리로써 의사를 전달하는
몇 가지 말은 있을지 몰라도
얼마나 도움이 되겠는가 싶다
지구라는 행성에 출현해서
약육강식의 사슬에 묶여 사니
얼마나 불쌍하지 않은가 싶다
다치거나 병에 걸려도
진료는 할 수 없어
얼마나 불행하지 않은가 싶다
사춘기에 접어들면
가족과 생이별하여
읽고 말하고 쓸 글이 없어
편지를 전하지 못하니
얼마나 불우하지 않은가 싶다

(2023. 10. 2)

17. 영웅 3인

수나라 백여만 명을 물리친
고구려 명장 을지문덕
머나먼 나라에서 숨져간
병사의 눈물은 지금도 흐르는지
청천강엔 그날의 함성이 들려오리

무능하고 부패한 조정보다
백성을 사랑한 이순신 장군
남해 바다 울돌목에서
왜선 130여 척을 격침하였으니
호령하는 장군의 목소리 들려오리

하얼빈 역을 찾아가
이등방문을 저격하며
동양평화론을 외친 안중근 의사
그들 잘못을 뉘우칠 줄 모르니
단죄의 총소리가 쟁쟁하게 들려오리

(2023. 10. 3)

18. 기부 황제

가난을 전혀 모르면
재산을 내려놓기 어렵다
굶주림을 겪어본 사람은
가난한 사람을 찾아가
진정으로 도울 거다

어릴 때 가난했던
홍콩 영화배우 주윤발
하루 두 끼 쌀밥이면 족하다며
땀 흘려 모은 거금 9,600억을
아낌없이 기부하다

태어날 때
빈손으로 왔기에
떠나갈 때도
빈손으로 가겠다는
그는 진정 기부 황제다

신문 기사를 읽고 (2023. 10. 7)

19. 두루미

수만 리 길
하늘을 나는 두루미

믿는 건
튼튼한 두 날개

찬바람에
숨이 턱턱 막혀도

사는 길은 하나
양 날개를 펼치면

에베레스트라도
날개 아래 있으니

수만 리 길
하늘을 나는 두루미

(2023. 10. 11)

20. 지병의 세월

지병을 앓으며
젊음과 사랑도 떠나
나락에 떨어진 나날

수상한 계절은
부지런히 바뀌어
육십 넘어 칠십 고개

중환자실로 가는
침대 옆 정든 환자
침침한 눈에 밟히고

희망에서 시작하여
다가온 절망의 터널
남은 건 실낱같은 시간

유리창 너머
어두운 하늘에
먹구름 가득 흐르네

(2023. 10. 15)

Ⅳ. 아리랑 노래를 부른다

1. 날아보고 싶소

젊은 몸을 바쳐서
나라를 구한다 하나

목숨 소중하다는 거
누가 모르겠소

늙은 어머니
흐르는 눈물을 감추고

대장부의 길 일러주시며
가슴을 얼마나 태웠겠소

앞날이 구만 리 같은
아내와 어린 자식 손잡고

자유 대한의 강산에서
꿈에라도 날아보고 싶소

(2024. 7. 22)

2. 누가 알았겠소

조선을 개혁하고자 일어선 젊은 혈기
뜻은 광대하였으나 성공하지 못하였소
민중의 지지를 얻지 못하면 실패하오
정세를 정확하게 읽는 것도 중요하오
온건 개화파까지 제거한 건 무리였소

정변은 성공하면 영웅 실패하면 역적
혁명인가 반란인가로 갈라지지 않소
피를 흘린 거사는 인정받기가 어렵소
외국에 의존하면 비난을 면치 못하고
국제정세는 냉혹해 배신은 다반사요

치밀하게 준비하여 개혁에 성공했다면
청사에 빛났을 텐데 불운하게도 그대
망명객 신세로 상해에 외로이 머물다
믿었던 지인의 총탄에 맞아 쓰러지고
삼일천하로 끝날 줄을 누가 알았겠소

(2023 . 10. 18)

3. 가슴으로 불러도

낙원이 아닌
지옥 같은 동토에서
고난의 행군 시절
수백만 목숨
꽃잎처럼 떨어지다

압록강 건너
자유를 찾아오는데
꿈마다
뚱뚱보 아이들
쫓아와 총을 겨누다

북녘 하늘 아래
헤어진 가족
가슴으로 불러도
대답 없어
눈물만 흘러내리다

(2023. 10. 25)

4. 떠나온 고향

날마다 오르내리던
감나무 돌아보며
떠나온 고향
여름내 뒹굴었던
초가집 마루
동구 밖 보리밭도
검푸른 금강에 묻혀
처마를 찾아오던 제비도
멀리 남쪽 하늘로 날아갔다
                    *
날마다 건너다니던
돌다리 돌아보며
떠나온 고향
해마다 무성했던
느티나무도
코흘리개 친구도
언제나 꿈속에 보여
가고 싶은 고향을 불러도
대청호에 잠겨 대답이 없다

(2023. 10. 28)

5. 꿰뚫어 예언하다

누구의 땅이더냐
독도는 대한민국 영토
바다 60해리까지 영해라며
평화선을 선언하다

일생을 바친
항일 독립투쟁 시절
일본이 진주만을 공격할 거라
꿰뚫어 예언하다

일본 군국주의를 배격하고
용서할 수 없어
이승만 대통령
한일 관계 정상화를 거부하다

나라는 작아도 거인 같아
미국 의회 연설에서
중국이 세계를 위협할 거라
꿰뚫어 예언하다

신문 기사를 읽고 (2023. 10. 29)

6. 하늘에서 바라보면

갈매기가
하늘에서 바라보면
아늑하고 고요한 바다
지구는 생명의 고향인데
누가 증오의 활을 쏘나요

독수리가
하늘에서 바라보면
장엄하게 솟아오른 산맥
지구는 생명의 온상인데
누가 분노의 창을 던지나요

우주인이
하늘에서 바라보면
쉬지 않고 여행하는 푸른 행성
지구는 생명의 보고인데
누가 파멸의 칼을 겨누나요

(2023. 11. 6)

7. 오래 살았지요

여든의 나이라면
그런 대로 오래 살았지요

찢긴 가랑잎이
거리에 흩날릴 때
가슴 뛰었던 열정은 시들고
남아 있는 기억마저
자취 없이 사라졌지요

사랑하는 그대가
떠난 지 십여 년
쓸쓸히 침대에 눕는 밤
눈발이 흩날리는 꿈속에서
그대를 만나 반가웠지요

여든의 나이라면
그런 대로 오래 살았지요

(2023. 11. 6)

8. 울리지 마오

나라를 잃어
어린 몸 끌려갔으니
고난을 겪은 슬픈 소녀에게
험한 말로 울리지 마오
슬픔이 많아 한이 깊으니
알려고도 하지 마오
어린 교수가 무얼 알 수 있겠소
그 시대를 겪어보지 않고는
알 수 없는 슬픔이오
                *
나라가 없어
순정을 짓밟혔으니
눈물을 삼킨 아픈 여인에게
모진 말로 울리지 마오
아픔이 쌓여 한이 깊으니
함부로 말하지 마오
젊은 판사가 이해할 수 있겠소
그 시대에 살아보지 않고는
이해 못할 아픔이오

(2023. 11. 7)

9. 전쟁은 끝도 없어

신이 사랑을 가르쳐도
증오의 칼날은
녹슬 줄 모르며

신이 용서를 가르쳐도
분노의 불꽃은
꺼질 줄 모르다

피가 피를 부르며
전쟁은 끝도 없어
산야를 달리며

인간이길 거부하여
증오가 증오를 낳고
분노는 분노를 부르다

(2023. 11. 10)

10. 지중해에서

지중해에서
인간이 싸우며
신과 신이 충돌하다

너희도 죽고
우리도 죽어
이성을 질식시켜
인간성이 사라지다
*
지중해에서
신들이 맞서며
인간들이 격돌하다

네 신도 없고
내 신도 없어
생명을 짓밟으며
구세주가 사라지다

(2023. 11. 11)

11. 소록도에서

가족과 헤어져
갈매기 슬피 울며 날고
가족이 그리워서
별빛이 흐린 외로운 소록도
먼 나라 오스트리아에서
찾아온 천사
마리안느와 마가렛 간호사
마흔 세 해 소록도를 돌보고
고국으로 돌아가다

녹동항에서
소록도로 가는 배
한센병 아들을 보내는 아버지
가족은 없으니 잊고 살아라
귓전을 울리는 슬픈 뱃고동
가족은 없어도
가족을 잊을 수 없는 소록도
우리가 가족이니 희망을 가져요
하늘에서 천사가 다가와 위로하다

신문 기사를 읽고 (2023. 11. 12)

12. 아리랑 노래를 부른다

한민족의 얼이 어린
아리랑 노래를 부른다
육이오 참전 영국군 용사
93세 노장 콜린 태커리
칠십 여 년 전
낙동강에서 압록강까지
전진하던 기억을 불러오며
아리랑 노래를 부른다
92세 노장 브라이언 패릿
한반도에서 싸우다
목숨을 잃은 동지를 기억한다며
아리랑 노래를 부른다
잊힌 전쟁이라지만
침략자를 무찌른
육이오 참전 영국군 용사가 부른다
런던 현충일 추모제에서
아리랑 노래를 부른다
'아리랑~ 아리랑~ 아리리요~'
노장이 아리랑 노래를 부른다

신문 기사를 읽고 (2023. 11. 13)

13. 골리앗에게 외치다

거짓이 도사린 능선이다

검은 그림자가
가난한 심신을 짓눌러
역사의 소용돌이에 휘말리며
상전 골리앗에게
공무원 다윗이 맞서다

어수선한 꿈마다
낭떠러지로 떨어지며
어디가 바닥이고
어디가 끝인지 알 수 없지만
백팔번뇌의 고개를 넘어 외치다

'사실을 밝히고 편히 사시라.'

(2023. 11. 19)

14. 마지막 휴가

그리운 어머니!
선착장에서 배에 오를 때
포탄이 벌떼처럼 날아왔습니다
전장을 떠나 집으로 갈 수도 있으나
전우가 있는 부대로 달려갔습니다

보고 싶은 어머니!
용감한 자유 대한의 군인으로서
어머니에게 돌아갈 수 없는 운명이라
전우와 함께 하늘나라로 떠났습니다

사랑하는 어머니!
군복무 마지막 휴가
어머니의 얼굴을 그리며
연평도에서 북녘을 응시하겠습니다

신문 기사를 읽고 (2023. 11. 24)

* 2010년 11월 23일 서정우 하사와 문광욱 일병이
북한의 연평도 기습 포격으로 전사하다.

15. 죽어도 싸우자고

전사가 보이지 않는
드론이 유령처럼 찾아와
포탄이 눈발처럼 떨어지며
우크라이나의 겨울은 얼어붙다

대기근으로 비참했던
홀로도모르는 반복될 순 없어
잊지 말자고 촛불을 밝히는 밤
건물이 통째로 날아가며
증오의 눈빛은 번뜩이다

칼바람이 다시 불어오니
수만 명이 죽어간 들판에서
자유를 위하여 죽어도 싸우자고
눈을 감지 못한 병사들이 일어서다

신문 기사를 읽고 (2023. 11. 27)

* 우크라이나어로 홀로도모르(굶어 죽음)라는
참사는 옛 소련이 곡물과 종자를 몰수해서
약 300만 명이 사망한 사건이다.

16. 인질 석방

별이 사라진 어두운 밤마다
살해의 눈빛은 살벌해
갇힌 몸 뒤척이며
하루하루가 십년인데
불바다 가자 지구에서
비명을 지르는 총부리
섬뜩한 죽음보다
공포는 무섭고 두려워
꿈이냐, 생시냐

눈물에 젖은 별이 빛나서
가족이 먼저고
나라는 다음이라며
피맺힌 원한이 사라지면
태양은 다시 떠오르며
목을 길게 뽑아
꿈마다 기다리던 석방 소식
가족이 달려와 끌어안으니
꿈인가, 생시인가

(2023. 11. 28)

17. 가난이여 물러나라

육이오 전쟁이 끝나
입에 풀칠하기 어려워
아메리카에서 보낸
홀스타인 얼룩소 한 마리
장호원 농가에 오다

가난에서 벗어나라며
헤퍼에서 보내 준
황토색 젖소도 키워
꿈에 그린 목장을 일구니
백년 가난이 물러가다

암송아지가 낳은
새끼 암송아지
바다 건너 시골에 보내며
가난이여 물러나라
손 모아 기원하다

(2023. 11.28)

* '헤퍼(heifer: 암송아지) 인터내셔널'은 미국에
  본부를 둔 비영리단체이다.

18. 한산대첩

야욕이 넘치는 땅에서
죽음이 울부짖는 바다로
왜적이 다가오니
하늘이 내려준 기회라며
꿈속에서도 무수히 외치다

좁은 견내량을 빠져나와
긴박한 한산도 앞바다
생멸의 풍랑이 춤을 추다

와키자카의 입은 오만하고
학익진 전법을 펼치며
이순신의 눈빛은 매서우니
구키 요시타카도 무너져
조선 수군이 크게 이기다

큰 싸움이 아니라
큰 승리라는 한산대첩
바다에 붉은 꽃잎 가득하다

(2023. 11. 30)

19. 소신공양

우주에서 생사 없는 곳
어디 있으랴
만물은 유한해서
거대한 별들도 태어나선
소멸하지 않으랴

불가에서 살생을 금하여
자연사가 제일 아니랴
생명은 소중해서
개미도 귀중히 여겨
조심하지 않았으랴

뜻이 높다하여
육신을 태워 눈을 감으랴
열반에 든다며
하나 뿐인 목숨을 끊는
고통을 어찌 견디랴

(2023. 12. 1)

20. 꽃게

이름처럼 날렵한
꽃게여!
서쪽 바다에서
내륙으로 불려 왔네

이승인가
마른 톱밥을 걷어내니
집게 발가락을 휘저어
거세게 저항하네

꽃게여!
집게 발가락은 끊기고
작은 발가락도 잘리니
힘을 쓸 수가 없네

저승인가
어여쁜 꽃게
몸이 갈라지고 뜯기어
꽃 같은 눈물이 흐르네

(2023. 12. 2)

V. 누가 돌을 던지랴

1. 사랑 노래를 부르면

어두운 지하에서
밝은 지상으로 오르면
푸른 하늘이 다가오고

날개를 접어
튼튼한 다리 여섯
높은 나무 두렵지 않다

한낮도 모자라
한밤중까지 소리쳐서
아픈 가슴 어루만지고

아침 이슬
꿀물처럼 마시며
사랑 노래를 부르면

기다리던
반려자 다가와
꿈꾸는 사랑 꽃피우다

(2024. 7. 27)

2. 우짖는다

캄캄한 거리에서 늑대가 우짖는다

위대한 조상이라고 개들이 꼬릴 흔들며

밤새도록 쫓아다녀 늑대처럼 우짖는다

*

깜깜한 광장에서 늑대가 우짖는다

뛰어난 조상이라고 개들은 노래 부르며

밤새도록 따라다녀 늑대처럼 우짖는다

(2023. 12. 6)

3. 저녁을 잃어 버려서

포성이 울린 지 천여 일
전우들은 용감하게 달려갔다

오래 전에 고향을 떠난
가족들 얼굴은 희미해졌다

포화에 무너져 내린
앙상한 건물은 울부짖었다

저녁을 잃어 버려서
웃음소리는 들리지 않았다

세 번째 눈 내리는 겨울
전우와 시민은 눈에 젖었다

(2024. 8. 5)

4. 먼 길 떠나며

뜨거운 화마가 덮쳐
서른두 살 젊은 아빠
어린 딸을 끌어안고
지상으로 뛰어 내리다

죽음의 섬을 뿌리치며
삶의 땅에 닿는 순간
고통은 극심하여도
아빠는 미소를 짓다

사나운 불길을 떨쳐
푸른 하늘은 다가와
먼 길 떠나며
사랑은 밝게 빛나다

신문 기사를 읽고 (2024. 1. 2)

5. 환생을 꿈꾸리

한평생 살다가
지난날이 주마등처럼 스치며
세상을 하직할 때
입술은 마르고 숨이 가빠도
환생을 꿈꾸리

생소한 이별 앞에서
가족을 지그시 둘러보고
저승으로 쓸쓸히 떠날 때
미소를 지으며
환생을 꿈꾸리

누구나 맞이하는
운명의 시간이 다가와
무거운 짐을 내려놓을 때
미련 없이 떠나며
환생을 꿈꾸리

(2024. 1. 3)

6. 하늘을 볼 수 없어

꽃이 피려나, 부끄러워서 피려나
수치심을 모르는데 거리에 꽃이 피려나

부끄러워서 꽃이 피려나
하늘을 볼 수 없어 거리에 꽃이 피려나
                    *
꽃이 지려나, 부끄러워서 지려나
수치심을 모르는데 광장에 꽃이 지려나

수치스러워 꽃이 지려나
하늘을 볼 수 없어 광장에 꽃이 지려나

(2024. 1. 5)

7. 누가 돌을 던지랴

시공을 뛰어넘는
사각의 모니터에
떠도는 수많은 돌덩이
화살처럼 날아와 꽂히다

사슴처럼 쫓기며
하늘을 바라볼 수 없고
의혹은 분수처럼 솟구쳐
지구 끝까지 파문을 일으키다

살아온 날보다 더 많은 고통
밤을 하얗게 지새워
피눈물을 쏟으며
하늘나라로 떠나가다

'누가 돌을 던지랴!'
서릿발 같은 음성이 들려와
돌덩일 던지던 부끄러운 손
모니터에서 순간 멈추다

(2024. 1. 6)

8. 큰 바다

서쪽 바다는 요동치는데
누가 평화를 읊었던가
월드컵 4강 신화가 열리는데
바다에선 총탄이 빗발쳤다
적이 기습 공격을 퍼부어
맞서 싸우는 참수리 357호
서해를 지키는 젊은 그들
꿈도 펴지 못하고
여섯 용사가 목숨을 잃었다

전쟁을 겁낸 비굴한 무리들
영결식에도 오지 않았다
오른쪽 다리를 잃은 부함장
다리가 다시 자라날 줄 알았던
어린 딸은 뒤늦게 알았다
다리는 영영 자라지 않는다고
그래도 자랑스럽다고
중학생들도 응원 편지를 보냈다
큰 바다가 되어 달라고

신문 기사를 읽고 (2024. 1. 8)

9. 가난이 따라붙어

가난을 운명처럼 짊어지며
초가집에서 굶주렸던 세월

보릿고개에서 허덕이며
허기를 참아냈던 날들

가난해서 남루한 이야기는
슬픈 기억으로 다가오다
*
가난이 숙명처럼 따라붙어
정든 고향을 떠나왔던 세월

도회지에서 허리가 휘며
허기를 견뎌냈던 날들

가난해서 초라한 이야기는
아픈 추억으로 떠오르다

(2024. 1. 8)

10. 슬픔은 끝이 없고

밤새워 불러도
눈물 뿌리며 떠나간
망자는 돌아올 수 없다
꿈속을 헤매도 슬픔은 끝이 없고
실낱같은 희망을 붙들어
돌아오리라 소리치다

가슴 한 구석에 머문 아픔
백 년이 지나면 씻어내더라도
다시 만날 수 있다면 좋으련만
한겨울 아픈 세월을 짊어지고
어두운 거리를 방황하다

마음 밑바닥엔 눈물이 고여
시름에 잠겨 먼 길 걸어가면
황천길에서 만날 수 있으려나
하루 종일 불러도
눈물 흘리며 쓸쓸히 떠나간
망자는 대답이 없다

(2024. 1. 22)

11. 살아 있어 다오

여섯 살 아들을
떼어놓는 탈북의 발걸음
압록강을 건너며 흘린 피눈물

공안에 붙잡혀 북송된 아들
벌레를 먹어서라도
살아만 있어 다오
어머닌 가슴을 친다

사선을 넘어
낯선 강을 건너고
험한 길을 달려온 삼만 리

밥 한 끼 먹는 게 소원
만날 날까지
살아 있어 다오
어머닌 가슴을 친다

(2024. 1. 22)

12. 진실이란 카드

사치와 타락의 원흉이라며
저 여인을 죽여라!
시민들은 고함을 지르고
서른여덟의 젊은 왕비
마리 앙투아네트
어머니를 그리며
단두대에서 이슬로 사라지다

누명을 씌워
유죄판결을 내리며
처형을 주도했던 자크 에베르
단두대에 서며 잘못을 빌었을까
역사는 승자의 몫이라지만
진실이란 카드가 있어
거짓은 진실에게 무릎을 꿇으리다

(2024. 1. 23)

* 자크 에베르는 프랑스 혁명 당시 급진적 공화
  주의를 표방한 강경파 인물이다.

13. 제주 상군의 노래

팔십여 년 지난한 세월
바다를 친구처럼 사랑했네
새가 하늘을 날아 다니 듯
푸른 바다 목장을 날아 다녔네

바다와 한 몸으로 지내며
꽃다운 청춘은 지나가 버렸네
소라와 전복과 성게와 문어가 불러
어린 몸이 늙어도 바다에서 살았네

무서운 바다라지만
하루가 멀다 하고 뛰어들었네
아픈 몸을 이끌고 잠수하면
씻은 듯 나아서 상쾌하였네

숨비 소리를 들으면
자식은 애간장이 터진다 하네
죽어서 바다에 뿌려주면
다시 물질하며 행복하겠네

신문 기사를 읽고 (2024. 7. 20)

14. 산길을 오르면

알루미늄 지게에
100Kg 짐을 올리고
비탈진 산길을 오르면
고단한 삶이지만
50년 인생길이 열리다

비바람 불며
소나기가 길을 막고
눈보라 휘날리며
무거운 짐이 눌러도
두 어깨로 일어서다

짐의 나이도
육십이 넘어 60Kg
젊은 날처럼
짐을 느끼며 반응하는
굵은 핏줄은 솟아오르다

신문 기사를 읽고 (2024. 8. 3)

15. 스무 살 청년

하늘 아래
불타는 정열로
다시 돌아오지 못하네

꿈 많고
할 일 많은
스무 살 청년
병마에 쓰러져
다시 돌아오지 못하네

눈에 어리는
스무 살 청년
장기를 기증하며
생명의 불꽃은 타오르고
다시 돌아오지 못하네

하늘 아래
불타는 정열로
다시 돌아오지 못하네

(2024. 8. 3)

16. 3중주

장맛비가 그치며
아파트 단지 벚나무에서
매미가 구성지게 울어대다
사랑아, 어서 오려무나

아스팔트를 달리는
자동차도 가로수를 흔들며
굉음을 질러 울어대다
바람아, 어서 오려무나

옆집 3층 창가에서
삼복더위에 지쳤는지
아기가 요란하게 울어대다
인생아, 어서 오려무나

(2024. 7. 12)

17. 푸른 별로 빛나자

고이 자란 꽃다운 청춘
아픔과 슬픔이 하늘을 덮어
못 다한 사랑은
천상에서 나누자

가고 싶지 않아도
떠나가야 하는 운명
기다리는 환자에게
맑고 고운 눈을 보내자

빛이요, 광명이니
다시 태어나서
슬프지만 아름다운 눈
저 하늘 푸른 별로 빛나자

(2024. 1. 30)

18. 사람이 중하지

축구공은 둥글어
이기면 좋지만
질 수도 있는 거라

반칙이 심해도
등 두드리며 끌어안는
대범한 선수라 보기 좋다

고액 연봉으로 유혹해도
사람이 중하지
돈은 중하지 않은 거라

함께 뛰는 열정이 좋다며
인성도 좋고 실력도 뛰어나
이름을 빛내서 보기 좋다

(2024. 2. 2)

19. 마음의 병

강직한 젊은 선비
충성을 다했어도
모함을 받아
유배의 가시밭길 걸으며
눈앞이 아뜩하였겠소

백설이 강산을 덮는 밤
하늘을 우러러 울분을 토하며
칼바람 드나드는
골방에 누워
쉬이 잠들지 못하였겠소

벼슬길이 막혀
나락에 떨어졌어도
어린 자녀에게
책을 읽고 글을 쓰라니
마음의 병이 오죽하였겠소

(2024. 2. 3)

20. 한 생명이라도 구하여

화마가 덮친 한밤
건물 안으로 뛰어들어
친구는 돌아오지 못하였소

눈부신 청춘
어린 사랑을 남기고
한겨울에 세상을 떠나갔소

한 생명이라도 구하여
세상은 아름답게 빛나서
뜨거운 눈물이 흐르고 있소

술잔을 기울이며
손잡고 멀리 가자했는데
하늘에서 다시 만나야겠소

(2024. 2. 7)

그대 사랑 다시 오라

2024년 8월 초판 인쇄
2024년 8월 초판 발행

지 은 이   김영호
펴 낸 이   정연태
펴 낸 곳   정문사
등록번호   2002. 2. 21(제25100-2002-7호)

주   소   청주시 상당구 상당로144번길 28
전자우편   goho4@hanmail.net
전화번호   043) 223-2389
팩   스   043) 224-2389

김영호   2024. Printed in Cheongju, Korea
ISBN   978-89-93892-92-5